JN055961

とはの
１０８

はじめに

こんにちは、この本を開いたあなたへ。ちょっとした好奇心から始まる「永遠のとは」の旅にようこそ。

この本では、僕が「○○とは」について考えたことを、108の小さな物語として、正直に、時には心を揺さぶられながら書き記しました。

これらは僕の旅の足跡であり、あなたにとっては、新しい世界の一歩になるかもしれません。

このページの向こう側で、あなたが自由に考え、心の声に耳を傾ける時間を楽しんでほしいと思います。

規則や常識にとらわれず、自分だけの答えを見つける旅を一緒に歩めたら嬉しいです。

読むたびに違う発見もあるかもしれません。
5年後、10年後にこの本を開くと、今とは違う自分に出会えるかもしれません。
時間が経つにつれ、僕たちは変わるので、同じ「○○とは」に対しても新しい答えを見つけられることでしょう。

この旅が、あなたにとって自分だけの特別な時間となり、自由に、心のままに考える楽しさをもたらすなら、これ以上の喜びはありません。
この本があなたの成長と共にあり、いつか振り返ったときに新たな発見がある一冊となることを願っています。

これから始まるあなたとの時間を、心から楽しみにしています。

著者

第3章　対人　71

第4章　家族　103

第5章　社会　123

第6章　仕事　155

第7章　健康　183

第8章　経営　201

第1章

人生

人生とは

意味のないものに
意味を持たせるために
与えられた時間

もの心ついたときに人間はいつか死ぬと理解し、僕は本当に怖くて夜、眠れませんでした。

社会人になり、楽しいことよりつらいことが多くなると、努力したり我慢したりしても、

「どうせ人間死ぬんだから、頑張る意味ないんじゃないの？」

と本気で考えた若かりし頃もありました。

人生は暇つぶしという人もいますが、僕は違います。

人生は意味のないものに意味を持たせるために与えられた時間です。

真っ白いキャンパスに自由に絵を描くように、「与えられた時間」というキャンパスに自由に絵を描くのが人生ではないでしょうか。

2

生きるとは

ワンピースの財宝を探す旅
最後はきっと
「大切な仲間」が宝
と気づくための物語

人生は冒険に似ている気がします。

冒険のなかで、ワンピースのルフィたちが探し求めている伝説の財宝「ワンピース」が人生の目的地。

でも、**この旅の本当の目的は、財宝を見つけることそのものじゃなく、旅を通じて出会う「大切な仲間」たちとの絆**だと、僕は勝手に考えています。


海を渡り、嵐に立ち向かい、時には敵と戦いながら、ルフィたちは互いを信じ助け合っていく。

そして、彼らは一緒に過ごした時間、共に笑い、共に泣いた経験が、人生でもっとも価値のある宝物だったことに気づく。

僕の人生もわくわく冒険でありたいです。

3

生き抜くとは

自分の信念を貫き
正直に生きること

いっけん「頑固」と勘違いされる「信念」という言葉。

生き抜くためには、どんなにつらいときでも、苦しいときでも、生きることをあきらめない強い意志が必要だと感じています。

だからこそ、**信念を貫く気持ちを持ちながら、自分に正直に生きること**がとても大切な気がします。

人生は楽しいことばかりじゃないからこそ、自分の信念が何なのか？　自分自身と対話を重ね、自分自身と約束をして、真っすぐ生きたいですね。

時間とは

みんな生きる長さは違うけど
よく考えると
唯一平等に与えられたもの

時間とは、一人ひとりが平等に与えられた**課題をクリアするために用意されたもの。**

僕はそう考えています。

ネズミさんなら2年 ワンちゃんなら10年~20年、ゾウガメさんなら２００年 ニシオンデンザメさんは最長４００年生きられます。

人間は70年~１００年くらいですが、同じ人間でもすぐに死んでしまう人もいれば、１００年以上生きる人もいます。

「だから平等じゃないでしょ？」

そう思う方もいるかと思いますが、僕は平等だと考えています。

達成までにかかる時間が寿命だと思ってください。

みな平等です。

長く生きれば良いものではないのでは？

5

幸せとは

たった1秒のその瞬間が
永遠(とは)に続いているかのような
錯覚を起こす事象

相対性理論とは少々違いますが、幸せを感じているときって、時間軸が完全に崩壊したときだと思います。

1時間が1秒に感じることもあれば、1秒の幸せが永遠に続いているかのような錯覚を起こすのです。

さらに、**幸せは独り占めすると、すぐに腐り、分け与えると、さらに幸せ度が増すのです。**

あ。

お金の使い方と似ています。ご馳走をしたり、プレゼントをしたりする行為に似ています。

いつまでもギブギブ、ちょうだいと言っている人は幸せ度が低い傾向があります。下手に近づくと幸せパワーを奪われるので気を付けましょう。

あ。

お金も同じですよ。本当に気を付けてくださいね。

6

平穏とは

何もしないことではなく
日常にたくさん存在する
「幸せ」のかくれんぼ

平穏という言葉はゆっくりして、何も起きない、のんびりとした時間を想像する方もいるかと思います。

でも僕は、平穏というのは、日常にたくさん存在する幸せクンたちと、かくれんぼをしていると思うようにしています。

幸せくんは隠れるのがとても上手なので、意識的に探さないと、スルーしてしまうことが増えます。

刺激を求めるのもメリハリがついて楽しいですが、**平穏のなかにこそ真の幸せがある**のではないかな？

と感じることができるようになった中年中老おじさんの正直な気持ちです。

7 大切なものとは

失って気づくことが
多いからこそ
失う前に気づきたいもの

普段はあたりまえのように近くにあるもの。
でも、
なくしてしまうと、冷静でいられなくなる。
優しくありたいですね。

優しさとは

何もせず
見守ること

わかったつもりになって、アドバイスや
正論を言わないことが重要だと思います。
男性に多いので気を付けたいですね。

仕事は理解。
プライベートは共感。

この違いがゴチャゴチャになると、
仕事もプライベートも優しくなくなるので
ご注意を！

9

青春とは

老若男女誰でも
いつからでも体験できる
日常から非日常になる境界線

青春は、思春期にしか体験できないと思っているかもしれません。

でも、僕は、**青春とは当たり前の平穏な日常から、ワクワクドキドキの非日常へと変化する境界線**だと思っています。


常識を覆す感動的な経験、心がワクワクして、どうしても浮足立ってしまう気持ち、はやる気持ち、毎日が冒険。

そんな非日常を味わえるのは「青春」だからこそです。

すなわち、**青春とは老若男女誰でもいつからでも体験できる**けれど、しようとしない人が多いのです。


青春を満喫しているときはハッピーホルモンが分泌されて、アンチエイジング効果もあるのでは？　と勝手に思っております。

ちなみに僕は毎年３６５日青春しています。

本当に毎日が楽しく、充実していて、１００万年でも生きていたいです。

愛とは

注がれた人だけが注ぐことができ
注いだ人だけが与えられるもの

生まれてすぐに両親から愛を注がれ、僕たちは成長していきます。ある程度成長すると、心の器に両親から注がれた愛が満タンになります。満タンになったら、今度は誰かに愛を注ぐことで、新たな愛が注がれます。

注がれたら注ぐ。

愛は人から人へ、注ぎ注がれることで器も大きくなります。

いつも笑顔で、幸せなオーラを身にまとっている方は、愛の循環が上手なのではないでしょうか。

逆に、無愛想な人に出会ったら、愛を注ぎ過ぎて空っぽになっているか、そもそも愛を注がれたことがなくて、愛のひでり状態だと思われます。そんなときは迷わず愛の燃料補給をしてください。

なお、愛とは肉体的な愛ではありませんので、くれぐれも勘違いなさらないようお願いいたします。

趣味とは

時間を忘れて夢中になれる
チートアイテム

「人生は壮大な暇つぶし」という表現があるように、趣味は暇つぶしに最適なアイテムだと思います。

欲を言えば、**趣味が楽しくて、時間を忘れ夢中になれるのであれば、人生最大のチートアイテムになる**のではないでしょうか。

趣味が高じて仕事になる人もいれば、趣味を楽しむために我慢して仕事をしている人もいます。

どちらが良いかの話ではなく、趣味がない人に比べ、趣味がある人のほうが人生の幸せ度は高いのではないでしょうか。

ちなみに僕の場合、趣味に没頭すると仕事をしなくなる恐れがあるため、仕事と趣味がイコールになる場合以外は手を出さないようにしています。

趣味と仕事が一石二鳥になることなら喜んでやります。

お金とは

増えれば増えるほど真の人間性が見えてくる「あぶり出し」

お金は多くの願い事や願望が叶う、そして、場所も取らず腐らない万能なアイテム（と勘違いしている人が多数）。

人は大金をつかむことで、「あぶり出し」のように、**その人の真の心がさらけ出されてしまう「禁断のアイテム」**だと感じています。

万能に見えるアイテムも、所持者の使い方次第。取扱注意ですね。

50

13

挨拶とは

挨拶は心のドア
鍵をかけていたら
誰も入れません

おはようございます。

こんにちは。

こんばんは。

おやすみなさい。

よろしくお願いします。

ありがとうございます。

ごめんなさい。

いただきます。

ごちそうさまでした。

行ってきます。

ただいま。

すべて幼稚園で習った、**人として生きてゆくために息をするくらい必要なことです。**

それができないなら、もう一度、幼稚園からやり直しましょう。

挨拶ができない人は、僕はビジネスもプライベートも関わるつもりは一切ありませんので悪しからず。

個性とは

比べる人がいなきゃ
存在できないもの

２０２３年現在、地球には約80億人の人間が存在し、一人ひとりが個性を持っています。

個性は、自分の特徴や能力とも言えます。

でも、個性は受け止め方によっては「自分勝手な人」と「変な人」「おかしな人」となりがちです。

よって、個性は他人と協力し、自分の長所を活かしながら調和を図ることが何よりも大切ではないでしょうか。

また、**個性は必ずしも長所だけから生まれるわけではなく、欠点や弱点を活かすことでも個性となります。**

自分の欠点を知り、活用し、強みにすることもできるのです。

自分自身が個性を理解して、活かすことは価値のあることです。

多様性を受け入れる時代に突入していますので、これからは個性を最大限に発揮したいですね。

人とは

宇宙によって作られた
生物の進化過程に必要な
「ウィルス」的存在

宇宙に生命が誕生し、進化し続ける途中段階で、地球という惑星で天下を取った気になって、**地球に寄生したウィルス。**

僕は本気で、人とは「寄生物質」だと思っています。

地球にとっては生命を進化させ、強くするために必要なプロセスなので、現在は風邪を引いている状態だと思います。


なので。

人間は気にすることなく、好きなように生きましょう。

いつの日か必ず人間は絶滅しますからね。

人間の次に天下を統一する生命体は、どんな感じなんでしょうか。

不安とは

未来を勝手にバッドエンドに導き
思考の邪魔をする
目に見えないモンスター

何かにチャレンジする前は、不安と期待が交互に入り交り、ポジティブな希望とネガティブな不安が何度も繰り返されます。

結論として、思いが強いほうに軍配が上がります。


成功の数と失敗の数を比べたら、圧倒的に失敗の数のほうが多いと思うのです。

そのため、世の中では成功事例よりも失敗事例のほうがクローズアップされがち。

失敗しないように予習をしても、実際は失敗します。でも予習しなかったら、致命傷になる場合もあるのです。


致命傷にならない失敗は、楽しむくらいがちょうどいい。

常に勉強し、失敗を繰り返して、数少ない成功をつかむことで、いつしか新しいチャレンジが不安ではなく、希望に変化します。

第2章

夢・目標

夢を持つとは

夢を夢と思わず
夢を捨てること
そして現実と向き合い
達成できるプランを作ること

夢には睡眠時に見る「夢」と、なりたい未来の自分を想像する「夢」の2種類があります。

寝ているときに見る夢はコントロールできないので、何かしようと考えても仕方ありません。

ですが、なりたい未来の自分の夢は、**しっかりと今の自分と向き合い、達成できると信じ、そのためのプランニングと設計図を作れば、夢は夢でなくなり、現実になる**と、僕は信じています。

この2つの夢が同じになっている人が多いので、本当にもったいないと心から感じています。

夢は夢のままにせず、夢を捨て、目標に変えましょう。

18

希望とは

人生の目標に向かうために
迷わないための「道しるべ」

病気になってつらくても、必ず治るのであれば頑張れます。

でも、もし「あなたの病気は治りません」「余命○ヵ月です」と医者に言われたら、僕なら希望をなくして頑張れなくなると思います。


でも、奇跡は必ずあります。

奇跡を信じることができれば、希望になります。


実生活では「どうせムリ」「やるだけムダ」とあきらめてしまうこともありますが、命がけなら、たとえ可能性ゼロと言われても、**希望を持つことで、そのゼロは実は限りなくゼロに近いイチであったことに気づけます。**

可能性ゼロなど、宇宙の原理に反しているので絶対にないのです。

そのことに気づくと、どんなことにでも希望を持てます。

小さなイチを大きくすることで、希望は確信に変わります。それが僕たちのすべきことです。

ガンバレ自分。

19

努力とは

自分を裏切ることのない
目には見えない掩護部隊

努力していれば、いつかは報われる。

そう思っている方に伝えたい。

それは幻想です。

残念ながら、努力しても報われないことのほうが多いと、僕は痛感しています。


努力というのは、積み重ねた回数に比例して自信に変換される超絶掩護部隊です。

決して、あなたを裏切ることはありません。


報われないのは、努力の仕方を間違えているだけです。

いち早く、そのことに気づいて、努力の仕方を正しい方向に変えると……、あら不思議。

あっという間に報われるから不思議です。

そのことに気づくために、努力を積み重ねておく必要があるから人生おもしろい。

才能とは

自分では当たり前すぎて
日常生活に溶け込んで
かくれんぼをしている原石

才能とは、僕たちが日常生活で自然に使っている能力です。まるで呼吸をするかのように無意識に使っているため、自分の才能に気づけない場合がほとんどです。

才能は、かくれんぼが大好きなんです。

生まれたときからチートアイテムのように備わっているものではなく、最初はゴツゴツとして輝いていない原石のようなものです。

だから、磨けば光り輝くことすら気づけません。

普段の生活に隠れている、当たり前にできることのなかから才能の原石を見つけ、育てる必要があるのです。

経験値を増やし、才能をレベルアップすることで、才能が趣味だけで終わることなく、仕事にも活用することが可能となります。

才能を活かし、仕事にすることで、可能性が一気に広がります。仕事が楽しくなります。仕事とプライベートの境界線がなくなります。

仕事でモチベーションが下がることがあっても、性根が腐ることがなくなります。本当に良いことしかありません。

チャレンジとは？

結果も大事ですが
「チャレンジ」しただけで
じゅうぶんに素晴らしい

欲しいモノがあるから頑張る。

でも、想像していたよりもつらくて耐えられなくなったら、逃げるが勝ちです。

他人は「逃げたから根性なし」と言いますが、チャレンジすらしないで好き勝手いう外野の言葉など鵜呑みにしないことです。

チャレンジしただけで素晴らしい。

行動せず何もしないより、「やってみる」人が僕は好きだ。

頂点からの
景色、
見てみたいんだ
がんばって!!
辛かったらすぐ
帰っておいで〜

成功とは

己石（自分自身）を磨き続け ツルツルに光り輝くオーラ

年収1億円稼ぐ人ですか。
健康で丈夫な人ですか。
友達たくさんいる人ですか。

いろんな人をたくさん見てきましたが、
僕が思う「成功」とは、
己の石を磨き続け、
角がなくツルツルに光り輝き、
他人を巻き込んで
輝くオーラを発している人のことです。

ちなみに。
僕の石まだゴツゴツ

失敗とは

チャレンジしているから失敗する

毎日を成功と失敗のどちらかと想定した場合、
何かにチャレンジしているときは
毎日が失敗の連続。
失敗を恐れ、何もしないのが正解なのは
無能な政治家だけ。

挫折とは

人生が順調に行き過ぎないために
ゴールを回避し、迂回し
楽しませるためのイベント

調子に乗ると脈打つことなく、右肩上がりのグラフになりますが、いつまでも一定に右肩上がりになることは、バイオリズムの自然界の法則的にありえないのです。

心臓が脈を打つように、疲れたら休むように、呼吸をするように、必ず一定のリズムがあるのです。

よって、挫折とは物事が順調に進んでいるときにだけ発生するイベントです。

簡単にクリアしてしまうクソゲーを回避し、人生ゲームが簡単にゴールに到達しないように用意された**「挫折」イベントこそが、人生に彩りを与えてくれます。**

成功者でもたくさんの挫折を経験しているのは、そういう意味があったのです（真相は知らないけどね～）。

そんな気がしたおじさんの与太話でございました。

頑張るとは

普段コツコツと
努力している人が使うことで
効果を発揮するもの

頑張るというのは、日々コツコツと努力している人が使うと、真価を発揮する言葉で、日頃の努力の積み重ねが、最終的に揺るぎない自信へとつながるのではないでしょうか。

普段、何の努力もせずにイザ本番で使うと「頑張る」という文字の通りに、身体は張り詰めてしまい、思い通りの結果を出せません。

頑張るとは、地道な努力の上に成り立つ精神の強さと、持続性を意味しているると強く感じます。

だから、僕は普段頑張っている人にだけ、

「ガンバレ」

とエールを送るようにしています。

継続とは

意味のない努力を継続しても
もったいないので
まずは
因果の法則を勉強しよう

継続は力なり。
というけれど、真実は違う気がしています。
因果の法則の通り、タネがないまま、一生懸命に水をあげ続けても、
絶対に芽は出ません。

意味のない努力はない、というのはウソです。

知らないと損をすることが多いことを理解し、まずは勉強をして、
知識をしっかりとつけ、計画をじゅうぶんに練って、設計図を作り、

「これなら大丈夫。いけ」

と確信したら迷わず実行し、芽が出るまで継続するだけです。


どうせ努力するなら、**芽が出る努力をしたほうが、限りある人生お得**です。

実はこれ、あまり教えてくれない事実だったりします。

モチベーションとは

腐ったら即捨てましょう
大事なのは
鮮度を保つ努力

モチベーションとは、野菜と同じです。

新鮮であればあるほど、やる気が沸いてきます。逆に、鮮度を失ってしまうと、やる気もなくなります。

腐った野菜が元の新鮮さを取り戻せないように、一度失われたやる気も再び呼び覚ますことは困難と考えています。

だからこそ、冷蔵庫に野菜を入れておくように、モチベーションという鮮度を保つための工夫も必要です。

たとえば、小さな成功体験を用意しておくこと。ご褒美ですね。

そして僕は苦手ですが、定期的にリフレッシュをすることが重要ではないでしょうか。

腐った野菜を生き返らせることはできませんが、やる気を長く保つことは可能です。

それでも飽きてしまい、モチベーションがなくなったら無理せず捨てましょう。

ライバルとは

戦う相手ではなく
闘うキッカケと
気づきをくれる成長に
欠かせないもの

夢や理想の存在は、目標です。
その目標に向けて、必要な存在は師匠（上司）です。

そして何よりも、自分を成長させてくれる存在が、自分と同じ環境、ポジションにいるライバルです。
ときには羨ましく、ときには妬ましく、ときには優越に浸れ、ときには力を合わせる存在。

どのステージにいても、絶対に必要な存在なので、決してライバルを蹴散らすことはしないことをおススメします。

嫉妬とは

自分のなりたい姿を映している
リアルな相手に対して
発動するアラート機能

嫉妬という言葉はネガティブな言葉と思われがちです。
嫉妬の感情は自分が欲しいモノを持っていたり、自分がなりたい理想を叶えていたりする人に対して発動されます。

この嫉妬の裏側には、努力しても報われない自分に対する葛藤があり、それが強ければ強いほど前面に現れるのではないでしょうか。
なので、嫉妬の心が芽生えたときというのは「成長するときが来た」というアラート機能が発動したときだと思うのです。

自分とじっくりと会話をし、なぜ、そのような感情を抱いているのか。それを理解することで、明確な目標について考える機会を得ることができます。

よって、**嫉妬とは、成長のきっかけとなる可能性を秘めている最高の感情なのです。**

感謝とは

麻薬以上の
効果を持つ
心に良い薬

心から感謝をすると、感謝した本人も、感謝された相手も、脳内から、
幸せホルモンと呼ばれる「セロトニン」と
幸福物質「ドーパミン」と
絆ホルモンと呼ばれる「オキシトシン」と
免疫アップ脳内麻薬と言われる「エンドルフィン」が
分泌されるのです。

それも無料で使い放題。
同じ麻薬なら、**法律に違反することのない「感謝」という最高の麻薬**を使いませんか。

31

スターとは

光を当ててくれる
相手がいるからこそ
輝ける存在

スターになるために努力している人は有象無象にいますが、実際にスターになるための条件について想像してみました。

才能ある人が社会的に認知され、評価されるためには、ファン、支持者、メディア、同業者など、たくさんの人から光を当てられることが必要です。

光を当ててくれる人がいなければ、どんなに才能があってもスターになることはないと思うのです。スターとは、ファンや支持者がいるからこそ、その地位を保つことができます。


スターというと芸能人を想像しがちですが、これは社会における人間関係にも大きく役立ちます。

結局、成功とは、その人の内面的な資質や努力だけではなく、外部からのサポートによっても大きく左右されるのではないでしょうか。

政治家は人気投票で決まるため、ファン集めに躍起になるのもわかりますが……、本質を見誤ると中身がなくなるので、何事もバランスが大事ですね。

プロと素人の差とは

**圧倒的な準備の差が
プロと素人の違い
として現れる**

夢や希望は
プロも素人も変わらないですが

**依頼人を満足させるために準備するのがプロ。
自分が楽しむために準備するのが素人。**

表面的には同じに見えますが
中身は雲泥の差です

第3章

対人

付き合いとは

相手のために使う時間が
自分のためにもならない限り
絶対にしてはいけないもの

仲が良い友達同士でよく耳にする言葉ですが、これがビジネスになると「接待」になる場合があります。

上下関係が発生した場合の付き合いとなりますでしょうか。

僕はこの忖度が少しでもブレンドされた「付き合い」が、本当に反吐が出るくらい嫌いです。

誘うのも誘われるのも大嫌いなのです。

よって、**付き合いたくない相手には、はっきりとお断り**するように全力で努めています。

これは相手にとっても後々失礼になるため、相手によって態度を変えないよう、誰に対しても同じように接しています。

34 人付き合いとは

3000里から始まる壮大なアドベンチャー

人間関係は、距離感がとても大事です。

僕は子どもの頃に見たアニメ番組にあった『母を訪ねて三千里』から言葉を借りて、「3000里」から初対面の相手との関係をスタートするようにしています。

この距離は、あくまでも僕の心のなかで決めた距離感です。

あらかじめ**距離感を測りながら人付き合いすると、失敗が減る**と思います。

とくにビジネスにおいての人間関係は、あまり近くならないように距離感を維持することをおススメします。

ドゴーン!!
おっす はじめまして!!
オラの仲間になってくれ!!
パパをたずねて三種
キョリ感
ぶっ壊れてんな
おい!!

出会いとは

自分を写す鏡
自分の心が
天使なら天使が現れ
悪魔なら悪魔が現れる

「類は友を呼ぶ」と言うことわざがあるように、そのときの自分の心の状態に沿って出会いが発生するのでは？　と強く感じるようになりました。

よくよく考えると、人生のもっとも重要なイベントが、出会いだと思います。

たとえば、イヤな人に遭遇したとき、その人を責め、拒絶し、ブロックするのは簡単ですが、それをしてしまうと、いつまでも同じことが繰り返され、いつしかまわりにはイヤな人だけが残ります。

これって「自分がイヤなヤツ」になっている証拠でもあります。

良い出会いと感じるときは、自分自身も良いオーラに囲まれているはずです。

大切なことは、自分と正直に向き合って過ごすこと。

出会いは良いも悪いも、そのときの自分の心の鏡だと気づくと、人生の役に立ちます。

コミュニケーションとは

お互いチューニングしながら
美しい音色でおこなう
心の演奏会

会話が上手な人、いつも笑顔でニコニコしている人、相手に合わせることができる人。こういう人のことを「コミュニケーションが上手」というなら、会話が下手で、常に不愛想で、マイペースな人は「コミュニケーションが下手」ということになります。

そもそもコミュニケーションとは、相手がいて初めて発動するスキルのひとつです。

相手に合わせて自分の気持ちを封印して成立するものではなく、自分をしっかりと相手に伝え、相手のこともしっかりと理解したうえでしか成立しない「調和」のことをいうのではないでしょうか。

美しいセッションも、美しいコミュニケーションも、薄っぺらな関係性では成立しないと思います。

ときどき、仮面をかぶって良い人を演じ、コミュニケーションがうまく行かないことを相手のせいにしようとする人がいます。普段ニコニコ仮面をつけているので見分けが難しいため注意が必要です。

37

友達とは

自分の人生に
彩りをつけるための
モブキャラ的存在

語彙力なくてごめんなさい。

どうしても、このたとえしか浮かびませんでした。

「モブ」とは群衆のこと。

自分の人生は、みんな自分が主役です。

だからこそ、友達は全員、自分が主役として人生をよりドラマチックで最高のものにするための脇役だと僕は考えています。

お互い様に理解していれば、自分ファーストな生き方に終止符を打ち、コミュニケーション抜群な人生になると心から感じています。

本当に勘違いしている人が多くて、生きにくい世の中になった気がするのは僕だけでしょうか……。

仲間とは？

磁石

仲間をS極とN極の理論で考えると、本当に腑に落ちます。

同じ思考、同じ属性で、群れを成す人がたくさんいますがアホだと思っています。

本当に人生を素晴らしいものにしたければ、自分がS極だったら同じS極の人ではなく、N極の人を見つけ、仲間にしないといけません。

気づかず同じS極同士で仲間だと勘違いし、「ごっこ」をしているから離れるんです。

真の仲間は違いを認め、尊重し合えるから、くっつく。

左!!
そう思う!
完全同意!!
左しか ありえん
だね だね～
やっぱり 右!!
右!? 右!!
ほんとそう! 右!
うんうんわかる～ オレたち通じあってるわ
サイコーの仲間だぜ!
だね だね～
阿呆だな

人脈とは

自分の分身
良い人脈も悪い人脈も
すべて分身の集合体

自分が窮地に陥ったときに、それまで培った人脈がどんなものだったのかがわかります。

友達や知り合いが1万人いても、薄っぺらな人脈では意味がないと、僕は強く感じています。

ピンチはチャンスとよく言いますが、**ピンチのときは人脈の断捨離をできる絶好のチャンス**です。

ピンチのときに手を差し伸べてくれた人。

それこそが義理人情の相手です。

それ以外、僕は信用も信頼もしないし、当然接待など皆無です。

思いやりとは

「重い槍」で射抜こうとするのでなく
相手の心に寄り添う空気
になること
それが
「思いやり」

良い人だと言わんばかりにアピールする人ほど、イザというときには「思いやり」が「重い槍」になり、自分に向け射抜こうとします。

思いやりのある人は、ビジネスもプライベートも関係なく、「観察力」があります。

臨機応変に相手の立場で考えて行動できます。

相手が本当に困ったときに真の思いやりが試されます。

あなたはどんな行動を取りますか？

恩着せがましく「○○してあげたのに」な～んて言ってしまうようなら、それは思いやりではなく、重～い槍なので気を付けて。

協力とは

相手を理解することから
始めないと成立しないもの

力という文字が４つも合わさって完成する「協力」という言葉。こうした文字がある日本という国に生まれて本当に良かったと思います。

僕は協力とは相手を理解することだと感じています。

よくこんな話を耳にします。

「あの人のために協力したのにイヤな顔された。」

僕はこうった愚痴や不平不満を言う人が大嫌いです。

恋愛にたとえるなら、勝手に好きになられて、勝手にプレゼントを渡され、それを使わないと陰口を叩く連中と思っています。

協力は相手を理解し、相手の力になるように行動して、初めて成立するものです。

迷惑にならないよう理解しても、ときにはうまくいかないこともあるでしょう。

だからこそ、正解はなく、相手をよく理解しようと努力し、相手のためになったとき、心から協力したと思えるのではないでしょうか。

助け合うとは

そもそも論
誰かに助けてもらうことを
期待してはならない

知り合い100人中、助け合える人は何人いますか。

ほとんどの人が助け合うのではなく、協力しているフリをしているだけだと、ピンチになったときに気づきます。

助け合う気持ちなど、面倒で厄介なことに関わりたくない気持ちなのに、空気を読んで「助け合っている」と表現するから反吐が出ます。

そんな人とチームを組むから、イザというときに手のひらを返され、イライラしたり、窮地に追い込まれたりするのです。

とくに仕事の場合、どちらかの力が強くても弱くても、助け合いは成立しません。バランスが何より大切です。

真の助け合いは、相手を信じ、見守り、イザというときに、無言で手を差し伸べることだと心から感じています。

薄っぺらな友情チームごっこをするくらいなら、助け合いは必要ないと痛感しています。

本来、お互いにアテにしてはいけないことなのではないでしょうか。

遠慮とは

相手との距離を測る
バロメーター

遠慮とは、相手の気持ちを第一に考える日本の良き文化だと、僕は認識しています。おもてなし文化が生んだ最高の言葉だと本気で思うのです。

遠慮は、人間関係を構築する前は多発します。「遠慮の塊」です。よって、あまりにも遠慮しすぎると、人間関係が遠く、冷たい人と思われてしまうのです。

逆に言えば、仲良くもないのに遠慮せずに行動すると、高い確率で避けられます。

人生の約９割以上が人間関係で成立していると感じています。だからこそ、**遠慮はコミュニケーションの距離を測るうえで、もっとも大切な武器**だと思うのです。

相手が何を考えているのかを感じながら、適度に距離を調整することで、円滑な人間関係を築くことができるのではないでしょうか。

ホスピタリティとは

**相手が欲するものを
提供するために
何をすべきか理解すること
＝ギフト**

相手がホッス（欲す）ものをピタリと的中させる。

これぞ「ホッスピタリ」ティーですね。

おやじギャグはこれくらいにして、ホスピタリティとは「おもてなし」というより、**人間関係における「自分の心のギフト」**。

そう考えると腑に落ちます。

自信をもって
ほしいから
ピカピカの
スポットライトを
プレゼント
するよ
パアアッ

裏切りとは

自分の都合で
勝手に解釈した
都合の良い言葉

これは、つい最近まで気づくことのできなかった事実です。

裏切りとは、自分が勝手に「恩」や「義理」を押し付け、それを見えない鎖で縛り付ける人として本当に最低の行為です。


そもそも、**人は生まれた瞬間にみな自由**です。

契約など存在しないのです。

約束など、単なる心の安心材料のひとつ、まやかしに過ぎないのです。


自分の都合で、他人を見えない鎖で縛り付ける時間とパワーがあるなら、自分の成長のために時間とパワーを使ったほうが、死んだ後の魂はきっと生まれる前より輝きを放つことでしょう。

ああ……。

僕の魂は今、真っ黒くろすけ状態。

ごめんね、魂さん。

約束とは

人間関係を
長続きさせるための
接着剤

どんな約束でも守るべき。
「はあ？」と、僕は綺麗事を言う輩に本気で反吐が出ます。
約束とは、大切な人との人間関係を長続きさせるための接着剤です。
だから、長続きしたくない嫌いな相手に対しての約束など、守る必要はありません。

そもそも約束などしてはいけないのです。
相づちもＮＧです。
共感もＮＧ。

否定はしないで理解する。
でも、絶対に共感はしてはいけません。
いつの間にか、嫌なヤツと同じ種族になるので気を付けましょう
（経験談）。

孤独とは

孤独を楽しめる人と
孤独を怖がる人で
認識は真逆

孤独を楽しめる人は、心が赴くままに誰に気を遣うことなく、自由に行動できるため「孤独最高」となるでしょう。

一方、孤独が怖い人は、不安で寂しくて心が満たされない状態のため、常に相手に合わせ、調和を取りながら「誰かと一緒」こそが幸せとなるでしょう。

物理的な孤独ではなく、思考的な孤独もあります。

思考的な孤独を感じやすい人は、ステージの違いによるものなので、僕はあまり気にしていません。

そもそも考え方が違うからと、他人と思考を合わせてまで孤独を避けようとはしていないので気にならないのです。

でも、思考すら孤独が怖い人は他人軸で生きることが多くなるため、ストレスを溜めやすいのではないでしょうか。

48 つながるとは

心の周波数合わせ
そして
わくわくアンテナの
チューニング作業

実際には、物質的なつながりと目には見えないつながりがあります。

どちらも**心の周波数が合わないと、楽しくないのです。**

だからこそ、自分のわくわくアンテナは、常にチューニングしておかないとね。

第4章

家族

49

家族とは

人生という壮大なＲＰＧの
スタート時点での
パーティ

血のつながりが家族じゃないですよね。

組織＝家族じゃないの？

家族とは、人生という壮大なロールプレイングゲーム（ＲＰＧ）のスタート地点で組んだパーティ（仲間）です。

道中うまくいかないことがあったら、その都度話し合って、パーティを解散するもヨシ、継続するもヨシなのです。


大事なことなので、もう一度言います。

あくまでも「スタート時点での仲間」です。何があっても一緒にいなければならないルールなど、そもそもありません。

なぜなら、生まれて来るときは独りで生まれ、死ぬときも独りで死ぬからです。

連れションと一緒にしたら相手に失礼なので、それを理解したうえで、パーティを組んでみてはいかがでしょうか？

離れられないものではないと気づくと、楽になります。

何より定期的な話し合いは、とても大事だと思っています。

親とは

宇宙

ご先祖様がいて、親がいてくれたから、僕が宇宙の一員としてこの世に誕生できました。

これは紛れもない奇跡です。

親とは、人生の最初の先生であり、生涯を通じた支えでもあります。困難に直面したときに、唯一寄り添ってくれる宇宙レベルの大きな存在です。

親の愛情は、宇宙でたとえるなら太陽でしょうか。ちょうどいい距離感で地球に住む僕たちを暖めてくれますからね。

この世に存在するすべてが宇宙から生まれ、最後は宇宙に戻る、ということは確定している事実です。

いつしか僕も宇宙に戻るときが来るかと思いますが、人間として生まれて来たことには意味があり、そして自分の親は自分で選んで生まれて来たと信じ、生涯親に感謝して過ごしていきたいです。

兄弟とは

大人になるまでに
必要なスキルの多くを学べる
最高のパートナー

ひとりっ子なら親からの愛情や、与えてもらうものすべてを独り占めできます。

でも、兄弟が多ければ多いほど、みんなで分け（シェア）なければならない環境となります。

これだけを考えると絶対にひとりっ子のほうが良さそうな気がしますが、僕はまったく逆です。

兄弟がいることにより、人生に必要な多くのスキルを学ぶことができる、いわば人生最高のパートナーだと思っています。

年齢が近く、関係性も近いため、あらゆる意味で心強いですよね。一緒に学び、一緒に遊び、一緒に成長できる環境が常に用意されているのですからね。

男女とは

ジグソーパズル

あれこれとくっつけ、ピースが合うかを試せるなら良いですが、男女とは、それができないとても難しいジグソーパズルです。

「これがピッタリ合うピース」と思っても、実際にくっつけてみたら微妙に違うことのほうが多いのではないでしょうか。

さあ、あなたはピッタリと合わないピースをどうしますか。

無理やり合わせますか。

ピッタリと合うまで探しますか。

それとも……。

お探しのものはこれかなっ？
もじもじ
まあ…ピッタリですわ！
もじもじ
数年後
本当のボクはココに納まるようなヤツじゃないんだ…！
ピッタリ！なんてことはなかったのね。あの時はいったい何を見てたのかしら？

パートナーとは

歯車のような存在
うまくハマれば力を発揮できるけど
噛み合わないと最悪

仕事もプライベートもまったく同じ。

パートナーとは、歯車のようなものです。

自分の歯車の形や大きさ、ピッチなどを知らないまま、相手の歯車だけを見て、魅力的だと勘違いし、くっついてみても、まったく機能しないので気を付けましょう。

パートナーとうまくいく人は、常に自分も相手も観察する能力に長けています。

うまくいかない人のほとんどは、その理由をパートナーの責任にするから不思議ですね。

仕事もプライベートもパートナーがいる人へ。

１度チェックしてみると良いかもしれません。

失敗したときに自ずとわかります。

54

子どもとは

腐った大人たちの教科書
腐った大人たちの先生

大人は子どもの見本。
「はあ……？」と僕は思います。

大人は、子どもから学ぶべし。
生きていると、知らないうちに、どんどんどんどん心が腐ります。
腐った心を浄化してくれる唯一の存在。
それが子どもだと強く感じています。

子どもたちの偽りのない表情から、私たち大人が何をすべきか。
アンテナをしっかりと立てて勉強しましょう、腐った大人たちへ。
もちろん僕も腐りまくっているので、常に心を浄化する必要がある
ことは承知の助です……。

55

教育とは

興味関心のキッカケ
間違った使い方をすると
洗脳に化けるので
注意が必要

本来、教育とは正しい方向へ導くことだと感じています。

よって、教科書など必要ないのです。


教科書＝正しいと植え付けることが、子どもたちの可能性をもっとも狭めています。

そのことに早く気づき、世の中の教科書をなくしましょう。

必要なことは、**子どもの好奇心を受け入れ、楽しいことに夢中にさせてあげること**じゃないでしょうか。


いつまでもゲームなんてしていないで勉強しろ。

と言う親ほど子どもの頃、勉強してこなかったアホだと僕は思います。

56

しつけとは

子どもにトレースされた自分自信の行動

しつけを間違える人は、ほとんどが押し付け。言葉で相手を説得したり、言い聞かせたりすることなどできないと早く気付きましょう。

それでも気づけない人は、動物を飼うことをおススメします。

言葉の通じない相手と意思疎通を図る努力をしましょう。

動物と理解し合えない人が、人間関係を円滑にすることは絶対にできませんからね。

あんたは
有名なネコモデルになって
アタシのおやつ代を稼いで
ちょうだいニャ!
ポテチ
カツオ

57

介護とは

あたりまえの日常に
感謝するために用意されたもの

僕はまだ誰かの介護をした経験がないので、現時点で思うことをお伝えしたいと思います。

介護とは、普段何気なくできることへの「ありがとう」を実感するために用意されたものだと思うのです。

当たり前にできていたことがいつしかできなくなります。

たとえば、食事をしたり、歩いたりすることです。

介護してくれる人も人間なので、介護してくれる人への感謝がなければ扱いが雑になるのは絶対だと感じています。

また、介護は人と人との絆を強めるきっかけにもなるのではないでしょうか。

でも実際は、お互いに負担が多いと思うので、僕は死ぬまで自分のことは自分で面倒を見られるように、当たり前に感謝しながら健康第一で過ごしていきたい（説得力なしのお題でこの原稿が一番書いていてつらかったです）。

環境とは

絵具と筆

自分をキャンバスと仮定するなら、環境とは絵具と筆です。

最初は逆だと思っていましたが、環境をキャンバスではなく、絵具と筆に定義すると腑に落ちます。

環境によって絵具の色の種類が増え、いろんな筆が手に入ります。

増えれば増えるほど、自分というキャンバスの彩りは華やかになるのではないでしょうか。

第5章

社会

大人とは

「大」の人でなく中身は小人
大人しいのは
夢と希望を忘れた
社会人の大人たち

「おとな」という字は、漢字で「大きな人」と書きますが、成長するにつれ、夢や希望が縮小し、むしろ「小人」と表現するほうが適切だと感じています。

子どもの頃に持っていた大きな夢は、社会に出ると現実の壁にぶつかり、徐々に小さくなっていきます。夢をなくすことが「大人」というなら、もはや大人ではなく、小人ですよね？

また「おとなしい」という言葉も「大人しい」と書き、社会のなかで、自分を小さくまとめ、目立たないように振る舞うことを意味しているのではないでしょうか。大人になることは、自分を抑えて周囲に合わせることなのでしょうか。

僕は声を大にして言いたい。**大人は子どもから学ぶべき**だと。

子どもたちの無限の創造性や純粋な好奇心、忖度のない友達との共有や協力。

それらを通じて、多くの教訓を私たちに教えてくれるはずです。大人になり、なくしてしまったものを思い出させてくれるはずです。

経験とは

日々の生活のなかに存在し
その積み重ねにより
カタチとなり
具現化されたもの

経験とは、何かにチャレンジしたときに得られるゲームの経験値とは違い、何気ない日常に存在しています。

たとえば、友達との会話や仕事での成功や失敗。

趣味の時間。

嬉しい楽しい大好きな瞬間から、つらくて悲しいことに至るまで、すべてが経験です。


こうした積み重ねが、自分を形成する基盤となります。

僕がこうしてデブになっているのも、食べまくった経験により構築されたものですからね。


経験の積み重ねが知識や理解を深めます。

そして価値観そのものも、経験によって変化していくものです。

過去の経験で、成功談も失敗談も、いつしか自分だけが持つ物語（エピソード）となるため、無駄なことは一切なく、人生の役に立ちます。

61

規則とは

守らない人がいるから
作られただけ
または
作った人の都合

規則など、そもそも必要のないものです。
自分の脳みそ（意思）で考えようとせず、「ルールだから。規則だから」
という人に会うと、僕は高い確率でキレます。

規則やルールをよく理解し、それらを認識したうえで、今現在の状況を判断し、自分の意思でどうすべきか決めることが、何よりも大切なのです。

それを理解できない人に遭遇すると、関わりたくないので全力で離れることにしています。

62

多様性とは

わがまま や自由が
多様性とイコールではない
多様性とは自己責任

十人十色という言葉があるように、一人ひとりの考え方を尊重して、自由であることを「多様性」と勘違いしている人もいます。

でも僕は、**多様性とは自己責任**と受け止めています。

考え過ぎかもしれませんが、日本経済の土台が崩れ始め、国民を安全に守ることができない時代に突入しているような気がしてなりません。

自分の身は自分で守ることが求められているのです。

一人ひとりが自立して生活できるよう、多様性が求められるのではないでしょうか。

サステナブルとは

「どうせムリ」から
「やればできる」の
思考回路

難しい言葉を使いたくないのですよ、僕は。
ＳＤＧｓとかサステナブルとか言われても意味わかんね〜っ。
専門用語はなるべく覚えられるように変換しています。

僕は、**サステナブルとは「やればできる」と思えることをみんなで話し合おうよ、という「お茶会」**だと変換しています。
争いはなくならないけど、みんなで優しい世界を作るために語り合うって、とっても大事ですよね。

ＳＤＧｓは実際に実行するための目標となるので、その先の話ですね。

人権とは

上も下も
強いも弱いも
正義も悪もない
唯一無二の心を持った
尊重すべき存在

とはいうものの……。
結局、人は見た目で判断してしまうため、理想を叶えるのは大変なことではないでしょうか。

人としての権利を自由とするなら、その自由をわがままや自分勝手、自分ファーストと勘違いせず、**自分と考え方の違う相手を受け入れ、それを踏まえて、お互いに理解できる関係を築くこと**が大切ではないでしょうか。

話し合うことなら、誰でも、いつでも、同じ目線で、人と人との関係性でできるはず。
決して力の使い方を間違えないようにしたいですね。

差別とは

内面の醜さを
隠すために使用する
究極のクソアイテム

仲間外れ探しゲームが好きな人は、僕の半径３０００里以内に入らないでいただきたい。

群れをなして数で正義を証明したい人とは、人生１ミリも関わりたくありません。

同じメリットよりも「違い」を発見し、**「違い」がお互いのない部分を補うことに活用したほうが、人生メリットだらけ**です。

そんなに仲間外れゲームがしたいなら、自分が仲間外れになってみたらどうかな？

そうなったときにようやく「差別」している事実に気づくのでは？

それでも気づかない人を僕はたくさん見てきたような気がする……。

66

正義とは

自分が正しいと
信じてやまない人は
正義を武器に攻撃してくるので
一目散に逃げましょう

正義とは、自分が正しいと信じてやまないことなので、それを武器に攻撃してくる英雄気取りの人に会ったら、全力で離れましょう。

正義など、人の数だけあるものです。

自分の正義を他人に押し付ける人と戦うと、その人は自分の正義を正しいものだと証明しようとするために、仲間集めに勤しみます。

そういった人を見たら、「かわいそうな人」だと思ってください。

そんな暇があったら、自分の正義を自分の成長のために使ったほうが良いと、僕は思います。

これは、僕の中の正義です。

67

善悪とは

人間一人ひとりの都合で
定義されたもの
境界線を引くことが
できないもの

何をもって善なのか。
何をもって悪なのか。

お腹が減っているので、魚を食べたい。豚肉を食べたい。
牛肉を食べたい。僕は今こうした視点で善悪を決めています。

でも、今お腹がいっぱいで食べ物を受け付けないほど幸せな気分だったら……。
ステーキ食べている人を見て、かわいい牛さんを食べるなんて、あなたはヒドイ人だ。
あの人は悪人だ。
と真面目にいっているかもしれません。

人が人を善悪で測ることはできないのです。

約束を守るとは

自信と
信頼

自分との約束を積み重ねる
←
自信が生まれる
他人との約束を積み重ねる
←
信頼関係が生まれる

69 そこら辺に生えている雑草とは

すべての雑草
ひとつひとつに
名前があるんだよ

子どもの頃は雑草でよく遊んだのに、大人になると見ようともせず厄介者扱い。

雑草とは、存在を否定されてもくじけず、頑張って成長しようとするもの。

雑草のなかには、食べられる草や薬になる草もあるんです。

権力とは

心の器の大きさに応じて
与えられる力
欲を出して器からこぼれると
大惨事となる

権力は経歴、学歴、実績、教養など、あらゆる分野で成熟し、信用のおける人だけが持つべきものと強く感じています。

しかし、この権力を持ってしまうと、闇の自分が姿を現します。このことは歴史を通じ、多くの権力者が失敗していることが証明しています。政治的な権力を個人的な欲望のために使うとどうなるか。

まあ、誰とは言いませんが、未だにあちこちで見られるので本当に残念です。

もしも。

僕たちが権力を持つ機会に恵まれたらどうなるでしょうか。

大切なのは、**権力を持つことによって生じる責任を理解し、自分の欲望のためでなく、大義を持って行動する**ことではないでしょうか。

経験したことがないのでキレイごとが多めですが、そもそも僕は権力など必要ないと考えています。

叶えたいことがあるなら、権力などなくても、全力で行動し突っ走ることで、おのずと協力者が集まってきます。それを繰り返すことで、真の権力の使い方を体得すると思っています。

影響力とは

太陽に照らされたときにできる
影の大きさ

影響力とは、太陽に照らされたときにできる影のようなものです。人や物体が大きいほど、その影もまた大きくなるように、人の能力や地位が大きいほど、影響力も大きくなるのです。

よって**影響力が大きくなるにつれ、影も大きくなります。**

影は影響力を持ったことで必ず現れる否定的な考えを持つ人たちの攻撃のことです。

ニコニコしながら近づいてくる真っ黒くろすけも現れます。

影響力が増すと良い影響だけでなく、悪い影響を及ぼす人や要素も引き寄せるため、自分の持つ影響力をどのように使うかを慎重に考える必要があります。

影響力に比例し、責任が伴うことを忘れないようにしたいですね。

常識とは

脳が機能を停止すると
頻繁に使用される
魔法・悪魔の単語

「そんなの常識だろ」

「あの人は常識をわきまえていない非常識な人だ」

という人に「常識って何ですか？」と質問してみてください。

「いちいちうるさいな」

「常識だから当たり前過ぎて、説明なんてしていられない」

そう反論してくるのが関の山でしょう。


僕は、常識を武器に自分の正しさを押し付けてくる人に出会うと、1秒たりとも関わりたくない気持ちになります。

常識を振りかざす人は、相手の都合を一切シャットダウンした人。

相手の気持ちを理解しようとしない、まるでＡＩロボットのような人だと僕は思っています。


あぁ、今のＡＩロボットのほうが人間らしいかもしれない……。

73

普通とは

考えることを放棄できる
究極の「バカ」製造機

「普通は○○」

「そんなの常識」

「決まりだから」

これらを口癖のように使う人には気を付けてください。

知らないうちに考えることを放棄し、「普通」「常識」が正しいと安心している本当に残念なタイプです。

僕からしたら、また「バカ」に遭遇してしまったと思います。

反論したい人はよく考えてみてください。

普通って何？

常識って何？


時間、場所、年齢、性別、あらゆる状況によって、普通も常識も異常で非常識なものになるのです。

それでも思考を停止し、自分の視点だけで「普通」「常識」を振りかざして平気でいられるなら……。

それは真のおバカさんです。

誠意とは

相手が納得するまで続ける行動
自分のモヤモヤを
処理するためではない

非を認め、素直に反省し、誠意ある行動を示す。

というのは、自分の心をスッキリさせたい場合に使用するケースが多く、個人的にかなりモヤっとする言葉です。

これは極端な例となりますが、あなたの大切な人を殺されたとしましょう。その殺人犯が刑務所で反省し、誠心誠意謝罪したとします。

でも、僕だったら、その人が死んでお詫びをしたとしても許さないと思います。なぜなら、僕は人間ができていないからです。

僕が思う**誠意は「相手ありき」×「内容」で、まったく意味が変わります。**

誠意を示したい本人が正直にまじめに真心を込めても、受け入れてもらえないこともあるので、自分の勝手な都合で「誠意」という言葉を使用してはならないと感じています。

それとクレーマーが相手に対して使う「誠意を見せろ」というイヤ〜な言葉もあるので、やはり僕は「誠意」という言葉そのものが好きになれません。

個人的になくして欲しい単語です。

第6章

仕事

75 仕事とは

レベルMAXになると世界平和に貢献できるかもしれない

第１段階↓欲しいものを手に入れるための手段
第２段階↓生きてゆくための手段
第３段階↓社会的つながりを持ち、承認欲求を満たすための手段
第４段階↓社会貢献で世の役に立つための手段
第５段階↓正解平和

ちなみに僕は……。

第5段階
肉球で世界を救う
第4段階
世の中に恩返しを
第3段階
社会とつながってるオレ、最高。
第2段階
生きる為。
第1段階
あれも買って、
これも買って……
WORKS
5つのステップ

76

仕事における優しさとは

全員が自立できるように
結果（利益）を作る方法を
教えること

誰だって他人に嫌われたくはありません。

仕事で「あの人は優しくて良い」という薄っぺらな言葉を耳にすると、イライラしてしまう自分がいます。

「優しい」＝「良い人」ではありません。

自分のポジションを害することのない人が、ニコニコしているだけの無責任な行為だと僕は強く感じます。


大切なのは、全員が自立して、トラブルや予期せぬことが発生しても慌てずに冷静に対応することです。

そのために、日頃から「訓練」する人生最大の修行の場が仕事だと、僕は感じています。


職場がゆるゆるで優しい環境だったら、どこで仕事の筋肉をつけるのでしょうか。

上司とは

未来の自分を
多次元で写した
鏡的な存在

大手企業になればたくさんの上司に巡り会えますが、上司とは、ミライの自分を多次元で写した鏡的な存在だと僕は思っています。

優しい上司、厳しい上司、ムカつく上司、無能な上司……。

いろんな上司を見ながら、自分の行動を正しい方向へと導いてくれる、とても貴重な存在です。

小さな会社や経営者になってしまうと、上司的な役割がいなくなり、気付けば、**自分がもっともなりたくない存在そのものになっている可能性もあります。**

ですから、定期的なチューニング作業をおススメします。

78

部下とは

なぜ？　ＷＨＹ？を
発見してくれ
物事をいろんな角度で
見させてくれる貴重な存在

部下とは、自分の常識をはるかに超えた次元で、「ハラハラ」、「ドキドキ」、「わくわく」、「ヒヤヒヤ」をくれる存在です。

自分で面倒を見る直属の部下でなければ、物語を見るような立ち位置でいられますが、ひとたび自分が面倒を見るとなったら……、寿命が縮まります。

パワーがある30代、40代が限界でしょうか。

50歳を過ぎて部下の面倒を見続けるのは、大手以外、僕は無理な気がします。

というか。

僕の理論では部下を育てることなど存在せず、**部下は上司の都合など関係なく、勝手に育つものなの**です。

なので、あまり気負わないほうが得策かと思います。

給与とは

時間と引き換えのお金

時間と引き換えに変化したものが労働収入
才能と引き換えに変化したものが権利収入

労働収入で給与をもらっているうちは、ダラダラ仕事してもテキパキ仕事しても、それほど給与は大きく変わらないので頑張っても疲れます。

早くスキルという名の才能を手に入れ、権利的収入を得ましょう。

労働収入
いそぐなかれ・・・

私が開発しました
みんな使ってるSNS
FOX
権利収入

プライドとは

脱ぎたくても
なかなか脱ぐことのできない
目には見えない
自分専用の鎧

プライドととても似ている言葉に「自尊心」があります。

自尊心は自分の存在そのものに価値があると感じている、いわばハッピーでおめでたい人なので、相手を攻撃したりはしません。

自分大好き人間に関わっても、とくに実害はありませんので、優しく見守ってあげましょう。


しかし、プライドは厄介です。

一度身にまとってしまうと、脱ぎたくてもなかなか脱げないのです。

会社の役職(地位)や立場との比較で、自分が上と認識してしまうと、間違っていても素直に謝れなくなるのです。

上に立つ者が完璧である必要などないのですが、知らないうちに「プライド」という鎧を身にまとうことで、素直になれず、苦労するので気を付けたいですね。

81

優先順位とは

経験値

それぞれのタスクがいろいろな形をしたブロックで、そのブロックが無作為に出現します。

それらを見ながら瞬時に処理することで、テトリスのように一気に仕事を片付けると、隙間だらけ、穴だらけの仕事に……。

今度はそれを処理するために時間を費やすことになり、結果として、ムダな時間を取られることに。

優先順位を把握するためには、経験を積む以外、方法はないのです。

料理でたとえるなら、どんなにレシピを覚えても、うまい料理は作れないってことです。

設計図は、ときには優先順位を見失うことになるので気を付けて。

82

ノルマとは

メモリーを増やすための
大切なアイテム

仕事のスキルをパソコンのメモリーと仮定すると、**ノルマとは、メモリーを増やすために欠かせない大切なアイテム**です。

常にメモリーが100%を超えた状態で、フリーズと格闘しながらスペックを高め、メモリーアップすることで、同じ時間で多くの仕事を処理する能力が生まれます。

なので、ノルマのない仕事は処理能力がどんどん落ちます。気が付くと、Windows95に搭載されたメモリーのままになってしまうので気を付けましょう。

83

転職とは

転職したきゃ
今すぐすればいいと思うよ
現職の文句や不満愚痴を
言う暇があるなら
とにかく進もう

転職は慎重に？ 大きな決断？ いいえ、違います。

学生時代に猛烈に勉強して、現時点で大手企業に入社、医者や政治家になっているのなら、僕も「転職したきゃ今すぐすればいい」とは言いません。失ったら簡単に戻ってきませんからね。

しかしながら、それ以外であるなら、僕はどの業種もどんぐりの背比べと思います。日本の中小企業は約358万社。これは日本の全企業数のうち、99・7％を占めているのです（※）。

ということは、「どこの会社も同じ」。そう思えば気も楽です。

終身雇用も終焉を迎え、今はアメリカ同様に即戦力が求められる時代です。ならば。

自分自身と会話をして、興味のある業界の仕事をするのが一番良いと思います。

結局は会社との相性が99・9％なので、相性の良い会社が見つかるまで転職を繰り返すことが本当はおススメです。でも、転職回数が多いと、会社が受け入れてくれないので実際は難しい問題ですね。

※平成28年経済センサスより

84

経営者の責任とは

「僕の（私の）責任ではない」と言った時点で経営者失格だ

経営者になった時点で全責任が発生します。

一人で起業をして、一人で経営をしているときはまだ良いのですが、従業員を一人でも雇った時点で、覚悟を決める必要があります。

僕も含めてですが、そのことに気づくまで、かなりの時間とコストを失いますのでご注意を。

85 従業員の責任とは

失敗を恐れず
ノビノビと
力を発揮すること

ぶっちゃけます。

従業員が何をしようと、一切責任は発生しません。

良いも悪いも、すべての責任は最高責任者が取るのですから、従業員は失敗を恐れず、のびのびと仕事すれば良いと本気で思っています。

なので。

働きたくない環境では、１秒たりとも仕事してはダメなのです。

責任者のためにも、自分の力を発揮できる環境で仕事をしましょう。

86

経営者の権利とは

会社の理念と目標を決定すること

最終決断はすべて経営者だ。

「殿ご決断を」。

経営者になったら、自分の意思でやりたいことをカタチにするために目標を決めれば良いと思います。

経営者が決めた目標を叶えるために、一緒に頑張れない従業員がいたら、スキルなど関係なしに円満退職していただきましょう。

「乗る船を間違えましたよ」と伝えることも、経営者の役目です。

優しい人になろうとしないことが大切かな〜。

87 従業員の権利とは

究極の無責任でいよう
やりたくない仕事は
素直に断ったほうが双方のため

いろいろありますが、結局は人間関係。

契約や法律云々関係なく、相手の指示に納得できないなら断る権利もあります。

それが従業員としての権利ではないでしょうか。

なぜなら、**イヤイヤ仕事をしても、絶対にパフォーマンスは上がらない**ので双方のためにならないからです。

怖いのは仕事を断る権利がないと思い込み、仕事の効率が落ちるばかりか、健康まで損なうことです。

88

謙虚とは

日々努力を積み重ね
自分の利益のためではなく
相手の利益のために
全力で行動すること

表面的には謙虚に見えても、実際はまったく逆の人もいます。

「偽の謙虚さ」と僕は勝手に命名しています。外見は控えめですが、実際には他人の成果を利用し、自分の利益のためにそれを奪うような行動を取るのです。僕がいた業界にたくさん存在しました。

このような人たちは謙虚さを装いながら、自己中心的な行動をしていることが多いです。他人の功績を自分のものとして取り上げるのが上手で、自分の評判を高めるために利用します。


真の謙虚さとは対照的なので、注意が必要です。

僕の考えている真の謙虚とは、**自分の能力を過大評価せず、日々努力を積み重ね、自分の利益のためではなく、相手の利益のために、全力で行動する**ことです。

これは仕事でもプライベートでも同じです。

長期的な信用と信頼を重ね、需要のある存在でいることが、結果として謙虚さにつながると考えています。「ローマは一日にして成らず！」「千里の道も一歩より」と同じ意味だと思っています。

89

怒りとは

魂のエネルギーコントロールが
できているかのチェック作業

感情が理性を上まわる出来事が発生すると、魂の負のエネルギーが吹き出します。

負のエネルギー（怒り）をうまくコントロールできるようになると、**怒りパワーをやる気パワーに変換できるため、経験値を効率よくゲットできる**ようになります。

ただ、理屈ではわかっていても、感情的になりがちな僕は未だにうまくコントロールできたことはありません。

最初は暴走をして何かと大変な怒りパワー。

でも、怒りパワーはエネルギーを大量に分泌するので、結果として、チャレンジ精神も増幅します。

そのため、冷静になったときには良い方向に導かれることもあり、最近では、怒りパワーも僕にはとても必要なエネルギーなのかも？と感じられるようになりました。

どんなものでも活用できれば良いアイテムになりますね。

第7章

健康

健康とは

心と身体が
完全に一致した状態
それが本来の
人間の元の気「元気」

合氣道という学びを通じて、健康とは何かの気づきをたくさんいただきました。

不健康になると、あちこちがアラートを出すため、心も不安定になりがち……。

そんなときに慌てても遅いのです。

大切なことは来るべきときに備え、準備を怠らないことではないでしょうか。

これはあらゆることに共通する理論だと思います。

そう考えると、僕の身体はいつも僕の心に「早く気づけコラ〜」とアラートを出しまくっているのですね……。

ごめん僕の身体よ。

浮きまくった僕の心を落ち着かせて心技一体を目指します。

病気とは

ご先祖様からのアラート
気付かない場合の
最終手段として発動される

２０２３年、僕は無理を続けた結果、原因不明の病気になり、本気で命の危機に陥りました。

検査した結果、現在でも原因不明のままですが、なぜか今は元気です。医学でもわからないことってあると思います。

実際に体験し、大きな気づきとなりましたが、**病気になるのは、ご先祖様が一生懸命に何かを伝えようとしている**のだと思います。

それにもかかわらず、頑固に聞く耳を持たないため、最終手段として用意されたスイッチが「病気」なんだと思うのです。

僕の身体は未来の子孫に続く駅伝のタスキのようなものです。

数百年後にきっと僕も子孫が同じ行動をしたら、同じことをするだろうな～と思います。

笑いとは

笑えば笑うほど
幸せが集まってくる
目には見えない
パワーの源

「笑う門には福来る」ということわざがありますが、その通りだと思います。

昨年、身体を壊し、心身ともに疲弊して痛感したことは、人間は一度「負のスパイラル」に陥ると、なかなか這い上がれないという事実。

這い上がれたキッカケは、一時的に思考を停止させ、とにかく「笑う」ことでした。

笑っていると、少しずつマイナス思考回路が元に戻ってくるから不思議です。

現実逃避と思う人もいるかと思います。

でも、僕が言いたいのは、**前に進むために落ちた心を引き戻す意味で、「笑う」ことはとても大切**ということ。

マジで笑えない窮地やピンチのときにこそ、笑うと良いのかもしれません。

愚痴とは

心の排泄物

身体の排泄は、生命活動によって生じる不必要な代謝産物、有害な物質を体外に排出するためのとても重要な行為です。
ちょっとだけ説明すると、
肺から二酸化炭素を排出する呼吸、
腸から食べカスを排出する排便、
皮膚からの発汗、
などがあります。

それと同じで、**心にも有害な物質がたくさんあるので、定期的に排泄しないと腐ります**。

腐らないために必要なのが愚痴です。

愚痴によって排泄しないとＮＧなのです。


でも。

排泄物をトイレで出すのと同じように、排泄する場所やシチュエーションを間違えると、とんでもないことになるので注意が必要です。

悪口とは

発すれば発するほど
積み上げてきた「徳」を
失う怖いもの

愚痴と悪口は、まったく別ものです。

愚痴はこぼす相手さえ間違えなければ無問題ですが、**悪口は誰に対しても発してはならない言葉**です。

悪口はいかなる状況であっても、ときには真実を事実に捻じ曲げてしまう恐ろしい武器になります。

置かれた立場によって、影響力も変わるので気を付けたいものです。

悪口を言うと、日頃コツコツと積み上げた「徳」を一気に失うこともあるので、どうしても悪口を言いたくなったら、「誰もいない海に行って大声で叫ぶ」「紙に書いて焼く」「神様に聞いてもらう」などで発散してください。

くれぐれも噴火口を塞ぎ、我慢するのだけはやめましょう。

いつか必ず噴火します。

あまり多く溜め込むと、とりかえしのつかない過ちを犯してしまう場合もあるので、適度に発散し、やがては悪口を言わないで済むような器の大きな人間になりたいですね。

95

言霊とは

圧縮すればするほど
パワーが出る魂を持った
究極の武器

あらゆる感情は圧縮されると変化します。

たとえば、嫌悪は「憎悪」に、悲しみは「悲痛」に。

強い感情になればなるほど言霊のパワーも増し、カタチのないものが目に見える「形」となって現れるのです。

その形は、ヒトであったり、コトであったり、モノであったり。

この理論をうまくコントロールすることで、形となって現れるヒト・コト・モノを素晴らしいものにしたいと思っていましたが、煩悩が邪魔をしてうまくコントロールできず、53歳になってしまいました。

せっかくなら、幸せに包まれた感情を言霊として発したいですね。

96

老いとは

ワクワクしなくなると
老いは進行する
よって年齢とは比例しない

若くても老けて見える人もいれば、何歳になっても若々しい人もいます。

これは「心の年齢」と比例するからだと思うのです。

何歳になっても新しいこと、ワクワクすることにチャレンジしている人の時間と、何の刺激もなく毎日が過ぎていく人の時間は、同じ長さであっても感じ方はまったく違うはず。

僕は53歳という年齢のわりに若いとよく言われますが、おそらく「ワクワクホルモン」が分泌されて若さを保っているのでは？ と勝手に思っています。

97

死とは

人間界レベルが低いと
「恐怖」になり
人間界レベルが高いと
未来への「希望」になる

物心ついた頃は、ひたすら死を恐れていました。「なぜ人間は死ぬの？」と本気で何度も考え、悲しくて泣いていたこともあります。

死んでしまったら何もかもが消えてなくなってしまう……。どうせ死ぬのなら努力しても意味がない、とやる気を失ってしまったこともあります。

大切な人が死ぬと悲しいので、大切な人を作らないよう、深い人間関係を構築したくなくなったときもあります。

人間界に生まれて、これだけでも奇跡です。よって、**奇跡のバトンタッチをしてこその「人生」**だと、最近になってようやく思えるようになりました。

未来に続く希望に少しでも貢献できるよう、これからも精一杯、僕にできることをしていけたら、きっと死に際でも笑っていられそうな気がします。

さて、真相はいかに！

第8章

経営

98

会社とは

ロールプレイングゲームに
出てくる
モンスターとの戦闘

会社はロールプレイングゲーム（ＲＰＧ）に登場するモンスターとの戦いにたとえると腑に落ちます。

社長はプレイヤーとして、さまざまな問題（モンスター）に立ち向かい、それを乗り越えていきます。

この戦いは絶え間なく続きますが、どんなに厳しい試練が訪れても、必ず討伐できるモンスターだけがやってくるのです。

つまり、**会社とは無限に続く挑戦であり、困難は乗り越えるために存在する**のです。

そう考えると、やる気が出ますよね。

会社を経営するとは

心臓と同じで
止まったら
THE END

組織で働くことが苦手な僕は、結果がすべての自由を求め、経営者になりました。よって、「経営者とはなんぞや?」と問われてもまったく考えてきませんでした。

経営者になって壁にぶつかりながら、その都度、痛い思い、切ない思い、金を奪われる思い、いろんな感情とともに勉強し、体験しことから言えること。

それは、会社を経営するとは回遊魚、心臓と同じで、止まったら終わり「THE END」ということです。

会社を船にたとえるなら、沈没しないように、船の大きさに合わせた各担当者の配置。そして、**かじ取りは他人にまかせることなく、社長が決断をすること**ではないでしょうか。

理念とは

どんな想いで
会社を作ったのかを
忘れないために必要なこと

仕事は趣味ではありません。

趣味であれば、目的のない旅行や行動すべてが自由気ままでOKですが、仕事の場合、視点を自分ではなく、相手（お客様）に合わせなければなりません。

相手に喜んで満足していただくためのプランが必要です。

たとえるなら、初めてのデートプランを練るときの気持ちに似ているかと思います。

理念は、会社を立ち上げるときにどんな想いで作ったのか。それを忘れないために必要なことだと、僕は考えています。

羅針盤的な役割よりも、経営している最中に辞めたくなったとしても、あきらめずに続ける「理由」ではないでしょうか。

だからこそ、理念なき経営は成立しないと思っています。

売上とは

何の根拠にもならない
単なる数字の羅列
大切なのは利益

売上を上げたいなら、単価の高い商品を取り扱えば、誰でも年商数億など簡単です（体験談）。

売上なんて、何の意味もないのです。

大事なことは、利益を出すこと。

利益を出して、しっかりと納税して、社会のお役に立つことです。

年商は？

従業員の数は？

といきなり聞いてくる人がいるけど、本当にアホだと思ってしまいます。

右腕とは

パーマンの
コピーロボット的存在

自分と同じように働いてくれる右腕的存在……。

利き腕が右の人が多いから「右腕」と言うようになった説が本当であれば、僕の場合は左利きなので「左腕」となります。


さて、本題に戻ります。

水戸黄門の助さん角さん的な有能スタッフを期待するのは、経験上、絶対にやめたほうが良いです。


自分と同じように働いてくれる都合の良い人財など皆無です。

そのことを十分に理解し、**サポート（補助）してくれる存在を「右腕」と呼ばないと、お互いにとって、良い関係を持続できない**ので気を付けましょう。

従業員を雇うとは

すべての責任を
背負う覚悟がない限り
雇ってはダメ

「真面目によく働く人材が欲しいけど、全然いないよね」

経営者からのそんな相談が多いのが事実（僕もだが……）。

でも、声を大にして言いたい。

「良い人がいないのは、その経営者がロクデナシだからだ」と。

従業員の文句や愚痴を言う暇があったら、自分の言動、行動を見直す必要ありなのです。

全力で行動していれば、自ずと追いかける人材が声をかけてくるのですよ（体験談）。

社長気取りした瞬間にロクデナシになるので気を付けたいですね。

生涯現役万歳。

営業とは

人生の「ふりかけ」になるので人生を「味変」したいならオススメ

花形、稼げる、エリート、頭の回転が早い、うざい、嘘つき、詐欺師、口がうまい……。

受け止め方は人それぞれですが、実際に営業を経験して得た教訓は**「営業は人生の役に立つ最高の武器である」**ということです。

営業を学んだ人と学んでいない人の差は、ごはんに「ふりかけ」をかける食べ方を知らないくらいの差があると考えています。

営業は、人生のふりかけ（スパイス）なのです。

広告とは

ドーピング
元気の前借り

プロモーション、集客活動において、広告をすることは必須項目です。

ただ、ブランドがまだ中途半端なときに広告をすると、認知度の前借りをしているようなもの。

とても依存性が高く、広告を停止した途端に反響が落ちるため、一度手を出すとなかなかやめられないのです。

会社の財力とよく相談してから、ご利用は計画的に。

プロモーションのプロとして言うような言葉ではありませんが、**本来は、広告に頼らず地道にコツコツが一番**です。

仕組みとは

作らないほうが結果として良い中小零細企業の経営者は仕組み作りはやめよう

僕の経営20年間で得た教訓です。

中小零細企業の社長が、仕組み作りをして、自分の仕事を棚卸しして、業務の最適化をしたとしましょう。

結果、追い出されます。

自分が倒れても会社が継続する仕組み作りは、昭和平成の遺物です。

令和の時代は「個々」の時代です。

働く人ひとりひとりが独立した考えで、仕事が成立継続する仕組みではなく、循環（人間関係）を築くことに専念してください。

休日とは

毎日が楽しいので
休日という概念がない
休む日など
僕には必要ないのです

イヤな事から解放され、自由に過ごす日を「休日」と考える人が多いと思いますが、経営者の僕としては、休日なんて思考がそもそもないです。

寝ても覚めても仕事のことを考えているので、休日を取ると余計にソワソワしてしまいます。

ゆっくり寝る時間＝休日と変換すると、今の僕にはもっともしっくりしますね。

経営者になると、休日と仕事の境界線は極めて薄くなります。

ちなみに、もし今、僕がどこかの会社に就職したとしたら？

休日だけが生きがいになると思います。

今の僕にとっては、誰かの指示で仕事することは、何よりも耐え難いイジメと同じですから。

二代目とは

土台がしっかりしているなら
高層ビルを建て
土台が崩れているなら
ぶっ壊せ

初代経営者が築いた会社を二代目が引き継ぐことは、令和の激変激動時代には本当に難しいと真面目に考えています。

二代目経営者がまずすべきことは、会社の土台がしっかりとしているかを把握することです。

とくに、働くスタッフのチェックです。

会話を重ね、一緒に頑張れるなら爆走あるのみ。

第6感がアラートを出しているなら、土台からぶち壊し、思い切って、更地から再構築することをおススメします。

おわりに

本書を手に取っていただき、誠にありがとうございました。本書の旅を通じて、一人ひとりが「○○とは」について深く考え、自らの答えを見つけることができたことを願っております。

この本は、答えを与えることを目的としていません。むしろ、考える力、疑問を持つ力、そしてもっとも重要なのは、自分自身の内面と対話する力を養うことを目指しています。

それぞれの章が提起するテーマは、皆様一人ひとりの心に異なる響きを持ち、それぞれの答えは唯一無二のものです。

「○○とは」の問いは、私たちが日常で直面する多くの疑問や挑戦に似ています。

正解がひとつに定まらず、絶えず変化し、多角的な視点を必要とするこれらの問いに対し、皆さまが自分自身で答えを見つける旅は、これからも続いていくことでしょう。

この書籍を閉じるとき、新たな問いが心に生まれるかもしれません。それが、成長と学びの証です。

自らの答えを求める旅は、決して終わることはありません。常に前進し、常に考え、常に学び続けること。それが、この私が皆様に伝えたい一番のメッセージです。

読者の皆様の今後の旅路に、光がありますように。

吉田英樹

著者略歴

吉田英樹（よしだ・ひでき）

1970 年、栃木県小山市生まれ。ショップ経営、大工職人、リフォーム営業、広告代理営業などを経験し 2005 年に株式会社アド・プロモートを設立。現在は OfficeYoshidaGroup 会長 としてグループ会社を経営。

業種的にプロモーションが難しいといわれる業界のサポートを好み、これまでに延べ 1,500 を超える法人クライアントを支援している。2019 年より、子どもたちの未来を支援する NPO 法人あおりんご代表理事に就任。

著書に『ウェブ・マーケティングのプロが明かす「超・ネット販促」』『明日の出社が恋しくなる 73 のことば』『「好き」を仕事にする！ひとりビジネスのはじめ方 』（いずれも青月社）、『知識ゼロでも大丈夫！忙しい社長のための WEB 活用術』『教訓・名言の白と黒』『小さな会社　ウェブマーケティングはプランが 9 割』（いずれもパブラボ）がある。

とはの１０８

発行日　　2024年5月24日　第1刷発行

定　価　　本体1,760円(本体1,600円)
著　者　　吉田英樹
イラスト　わたなべきよみ

発行人　　菊池 学
発　行　　株式会社パブラボ
〒359-1113　埼玉県所沢市喜多町10－4
TEL 0429-37-5463 FAX 0429-37-5464

発　売　　株式会社星雲社(共同出版社・流通責任出版社)
〒112-0005　東京都文京区水道1-3-30
TEL 03-3868-3275

印刷・製本　株式会社シナノパブリッシングプレス

ISBN978-4-434-33812-0